KB140467

외로운 새로움

외로운 새로움

초판인쇄 | 2020년 5월 20일
초판발행 | 2020년 5월 30일

지 은 이 | 강준철
편집주간 | 배재경
펴 낸 이 | 배재도
펴 낸 곳 | 도서출판 작가마을
등   록 | 2002년 8월 29일제 2002-000012호
주   소 | 부산광역시 중구 대청로 141번길 15-1 대륙빌딩 301호
       T. 051248-4145, 2598 F. 051248-0723 E. seepoet@hanmail.net

ISBN 979-11-5606-148-9   03810   정가 10,000원

※ 이 도서의 국립중앙도서관 출판예정도서목록CIP은 서지정보유통지원시스템 홈페이지
  (http://seoji.nl.go.kr)와 국가자료공동목록시스템(http://www.nl.go.kr/kolisnet)에서
  이용하실 수 있습니다. (CIP제어번호 : CIP2020018814)

※ 이 책의 무단전재 및 복제행위는 저작권법에 의거, 처벌의 대상이 됩니다.

※ 본 도서는 2020년 부산광역시, 부산문화재단 지역문화예술특성화지원 '부산문화예술지원사업'
  으로 지원을 받았습니다.

작가마을 시인선 ④

외로운 새로움

강준철 시집

도서출판
작가마을

시에 정답이 없다. 고정불변이 아니라는 얘기다.
모든 것이 고정불변이 아닌데 시가 어떻게 고정불변이겠
는가?

나는 늘 시를 새롭게 쓰려고 한다. 그러나 이런 일은 위험
이 따른다. 독자들로부터 외면당하거나 비난받을 수도 있다.
그래도 계속 도전하고 싶다.

새로움에 대한 도전은 예술가의 운명이다.
그래서 나는 나 자신으로 살며, 첨단을 향해 철저히 외로워
지고자 한다.

좋은 시란 어떤 것인가?
많은 사람들이 공감하는 시일 것이다.
한두 사람이 좋아하는 시가 좋은 시일 수 없다.
모든 것은 상대적이다. 그러므로 절대적으로 좋은 시란 없
는 것이다.

나는 이번 시집(여섯 번째)에 '새로운 시'(전위시, 실험시)라고 할 수
있는 것을 몇 편 실었다. 앞으로 더 많은 '새로운 시'를 쓰고
싶다. 그래서 말미에 전위시에 대한 글을 한 편 실었다. 할
수만 있다면 뜻을 함께 하는 사람들과 함께 가고 싶다.

도움을 주신 분들께 깊이 감사드린다.

2020년 봄, 금련산 자락에서

강준철

강준철 시집

작가마을 시인선 ④

차례

외로운 새로움

강준철 시집

차례

제3부

외로운 새로움

외로운
새로움 강준철 시집

제1부

벚나무 지옥

온몸으로 웃는 당신

얼굴뿐 아니라 엉덩이로도

웃는 당신

누가 당신 앞에서 얼굴을 찡그리랴

누가 당신 앞에서 스스로를 저주하랴

사람들이여

만약 당신이 단 1초라도 당신 스스로를

벚나무 앞에 세우고 자세히 들여다본다면

0.001g의 어둠도 발견하지 못할 것이다

아름다움은 참이나 착함도 품어 안나니

나는 오늘 이 순간

화려한 지옥에 갇힌다

사람들아, 너희는 다른 곳에서 성자를 찾지 마라

바로, 지금, 여기에

그들이 있나니.

봄 13

별빛이 쏟아지는 공동묘지
동백꽃이 계단 길에 누워 끙끙 앓고 있다

한 사나이가 곧 문이 닫히려는 지하철을
막 뛰어가 탄다

밤새 뒤척이며 잠 못 드는 몽동들
노오란 수선화가 울고 있다

피카소가 파이프를 물고
「우는 여인」을 그리고 있다

바람을 맞고 서 있는 종려나무들
누런 혓바닥을 내밀고

아파트 앞마당에 버려진
예수의 신발 한 짝

〉
자귀나무에 잎이 피고 있다

저기 감람나무 아래로
그분이 오고 있다

13개의 봄이 무섭다고 그리오.

결코 슬픈 손을 흔들지 말자

까마귀가
아/ 아/ 아/
신의 메시지를 전달하고 있다
기표가 다르니
사랑하고 싶어도 서로가 벽이다
산은 벌써 가을을 마셔 얼굴이 벌겋다
바람에 몰려가는 가랑잎들의 눈들이 붉어 있구나
공수래공수거
하늘은 너무 멀리 달아나서 잡을 수가 없구나
그래도, 그래도 나는 당신을 포기할 수 없어
인생은 미완성 쓰다가 마는 편지?
그래도 우리는 외로운 가슴마다 별을 따 담고
아침 해를 마시고 가야해
우리, 언젠간 노을처럼 스러지지만
해는 언제나 다시 뜨는 것
우리는 꽃이 되고 별이 되어야 해
사람아, 사람아, 우린 모두 별이야
결국 떨어지는 꽃이지만
그래도 그날까지 뺨 부비며 살자

언제나 봄날인 것처럼

눈에 봄을 담은 소녀야

가을이 와서 우리가 낙엽이 되더라도

결코 눈물을 보여선 안 돼

결코 슬픈 손을 흔들지 말자

우리,

어느 변방의 길손이 되더라도

또 한 번 모란이 필 때까지

동백처럼 붉게 살자

믿음의 흰 나무가 우리를

하늘나라로 인도할 거야

아/ 아/ 아/

까마귀가 운다. 까마귀가 운다.

봄의 멜로디

나무들이 시린 발가락 오무리며
뜨거운 노래를 작곡한다

가늘고 구불구불한 오선지에
4분 음표, 8분 음표, 16분 음표를 차례로
올려 놓는다

매화나무는 둔주곡으로
산수유는 대위법으로

오르내리는 환희
― 아직은
입안에 가득히 고여 있는 소리, 소리들

오, 봄이여 뛰어 오라
뛰어 와 소리로 피어나라

그들은 말한다

봄은 그냥 오지 않는다고
기도하는 자만이 눈부신
쉼표 없는 신의 노래를 받는다고

꽃 5

나는 안다
네가 무슨 말을 하는지를
입으로는 다 말할 수 없어 발가락으로까지
말한다는 것을
그것이 너의 깊은 산골짜기에 솟아오르는 샘물이라는 것을
그것이 산이고 바다이고 바람이고
불이라는 것을
가장 아름답고, 향기로운, 화사한
수천 개의 단어들
나는 안다
나는 그것이 머리를 두드려서 나온 말이 아닌
신의 음성이라는 걸
사랑한다는 그 말을,
나는 안다
그것이 무지개보다 더 다채로운 빛
이라는 걸 안다 그리고 그것이
로고스라는 걸 나는 안다
언제나 나는

차라리 너의 가슴에 엎드려

질식하고 싶다

꽃이여!

나는 시방 위험한 짐승이다.*

*대여 김춘수.

벽 속의 귀뚜라미

커다란 집에 혼자 누운 밤
벽 속에서 귀뚜라미가 운다

왜 울까?
벽 속에 숨어서

나에게 무슨 할 말이 있는 걸까?
슬픈 사연의?
외로움?

같이 울어주고 싶어
벽 쪽으로 돌아눕는다

가랑잎 뒹구는 소리
달이 창 안을 들여다보고

어떻게 이 높은 아파트까지 올라와
나를 울게 하는가?

무슨 소식을 전하는 걸까?
같이 울어 주지 않는 세상에

달이 지고
끙,
돌아눕는다

눈雪 2

수많은 나비 떼의 투신
꽃, 꽃
천상의 꽃이다
만상을 잠재우는 어머니다
이 순간 우리는 모두 아기가 된다

중얼중얼 하나님이 종일 말씀하신다
죽음의 대지에 부활을 약속하는
세상과 사람, 밤마저 탈색된다

그릇마다 웅덩이마다 하얀 은총
지붕에도 장독에도
부자도 가난한 사람도 모두 배가 부르다

우리는 무조건 강아지
가슴이 따뜻한 참새가 된다

세월이 바랜
할아버지의 턱에서 걸어 나오는

하늘이 읽어 주는 동화

만 리 밖 슬픔이 녹는다
세상 전체가 적멸보궁이다

가을 9

신神이 불을 낮추자
벼들이 머리를 숙이고
풀들의 영혼이 바람에 흩어집니다

초록 영웅들의 목이 꺾어지고
산과 들에 이별의 울음소리가
무성합니다

사람들이 분주하게 생명줄 거두어
갈무리하고
검부레기들을 태워
하늘에 기도를 올립니다

서녘 하늘이 신의 유언장을 태우자
강이 목소리를 낮추고
들판은
새들을 매장하고
어둠이 재를 덮습니다

산복도로

평지보다 해가 먼저 뜨고 늦게 지는
더 많은 바다가 노래하는
빌딩보다 높은 집
길은 뱀처럼 기어가고
마당과 차를 머리 위에 이고 사는
상추밭과 고추밭도 이고 사는
산복도로 집들
가난해 보여도 모두 부자다
푸른 바다가 마당이고 뒤란은 푸른 산
온갖 새소리 공으로 들으며
텃밭과 주차장까지 갖추었으니
대장부 살림살이 이만하면 족하지 않나
밤이면 별들과 도란도란 이야기를 나누는
여기는 한국의 아나카프리
수평선 위로 하얀 여객선이
반가운 손님으로 오는
그러나 안개가 자주 끼고
숨이 차는
산복도로
그래도 다리가 튼튼한

하산下山

무너질 줄 알면서도 또 탑을 쌓는다

어둠은 밟고 밟아도 돋아난다

그렇게 가열차게 기어올랐던 녹색의 기억

갈색의 아픈 손들이 신음을 한다

순명順命의 생명들이 슬픔을 눕히고 있는 산길

돌부리에 걸린 발걸음이 비틀거린다

왜 날개가 없는가?

흑백의 싸움

지구가 하루의 무거움을 내려놓는 시간

눈에 불을 켠 욕망들이 고속도로를 질주한다

문득 우주를 흔드는 쇠붊소리

놀란 불나비 등불 찾아 날아간다

동백은 어둠 속에서 또다시 수태를 하고

우리들은 모두 밤마다 구원을 꿈꾸는 무당이 된다

시인은 접신자, 그의 신탁을 내보인다

벗어야 한다는 걸 알면서도 입고

내려와야 한다는 걸 알면서도 자꾸 올라가는

더 올라갈 데가 없어 고개를 흔드는 벌레

천길 단애 아래 건너야 할 검푸른 강이 내달린다

새들이 고단한 날개를 저어 가고
지는 해가 슬픔을 하혈한다
나는 찬 이슬 맞은 풀이 된다
참혹한 세상, 우리는
어디로 가는가?

혼밥

혼밥을 먹고 식탁에 앉았으니
오래전에 돌아가신 어머니가 오셨다
같이 요거트를 떠 먹는다

산다는 건 뭔가
이렇게 가끔 돌아가신 어머니와 함께
요거트를 먹는 것이다

그러나 이것은 순간
산다는 건 내가 요거트를 먹으며
요거트를 먹고 있다는 걸 아는 것이다

산다는 건 르네 마그리트*의
〈이것은 파이프가 아니다〉이다

우리는 모자를 거꾸로 쓰고 살아왔다
모자는 빗물과 햇빛을 막는 게 아니라
빗물을 담고 햇빛을 담는 것이다

산다는 건

모자를 뒤집어쓰는 거야

＊벨기에 화가

풍선

나의 뜨거운 바:람을 안고 바람을 탄다
나를 묶은 질긴 실
손아귀의 끈적함을 밀어내고
하늘이 그리워 아픔을 넘고 슬픔을 건너
바:람의 배가 떠난다
이 세상의 모든 빛이 모인
미지의 고향을 찾아
무너져 내린 탑을 쌓아 올리고
손가락마다 촛불을 켠다
수평선이 지워지고 파도가 춤을 춘다
눈물이 온몸을 적신다
아무것도 없는 공중에서 내 몸이 파열한다
몸 속 어두운 돌들이 낙하하여 바람이 된다
뜨거운 바람이 찬바람과 하나가 되고
종려수가 예루살렘 성루에서 꽃을 피운다
내가 있어야 할 곳은 내가 없는 하늘이다
가자, 가자 서역으로

땅끝마을 할매

고동 몇 알과 팔랑게 한 마리
대야에 담아 들고
우리 영감 된장국 끓여드려야지
미처 바다를 따라가지 못한
팔랑게와 고동들
할머니에게 잡혀 생을 마감했네
바다는 왔다가 돌아가고
또 돌아오지만
우리 영감 날 떠나가면
돌아오지 못하리
내일은 생굴을 따와 회무침 하여
나보다 더 좋아하는
막걸리 한 잔 올려야겠네
바다야, 바다야, 고맙다, 고맙다
흥얼거리며 돌아가는 땅 끝 할매.

사랑 2

당신은 벽을 뚫고 날아왔고
나는 거대한 고리에 끌려
왔지 우리는 하나의 눈으로 보았고
입술과 턱의 경계선은 소멸되었지
당신의 손은 나의 목을 포위했고 나의 크레인은
당신을 인양했지
당신의 머릿속에선 수만 그루의 벚꽃이 폭발했고
계곡물이 뛰어올랐지 나의 머릿속에선
연분홍 기호들이 층층이 쌓이고
새들이 가지 끝에서 바다를 향해 게시처럼
찌빗찌빗 울었지
도도한 강물이 먼 산에서 발원하여
당신을 향해 달려갔지
콸, 콸, 콸
모바일과 책이
메시지를 주고받으며 하나가 되었지
지구상의 모든 산맥이 춤추며 동참하였지
두 개의 몸이 테두리를 넘어 용암처럼
공간을 점령해 나갔지
그러나 당신과 나는 전혀 만난 일이 없었지

산 접동새를 찾아서
　- 정과정

접동, 접동, 아우래비 접동

그만해도 다행이다. 그만해도 다행이야
도로와 다리에 팔다리가 잘려도
아파트가 눈을 가려도
매연 가득한 도시의 한 귀퉁이로 밀려나
가쁜 숨을 몰아쉬고 있는 당신
님 그리워 울던 당신은 나와 이슷하요이다
세상은 그때도 지금도 밤의 뻘밭
인간들은 언제나 계산기로 남을 헐뜯습니다
죄도 허물도 천만 없소이다
부러진 날개를 스치는 바람이 쇠처럼 단단합니다
아소 님하, 도람드르샤 괴오소서
당신의 붉은 마음 오이밭이 빌딩 숲이 되어도
거문고 줄에서 영원으로 이어지리
님을 사랑하는 님이여
나는 영원히 당신의 은빛 그물에 갇힙니다
잔월효성이여 굽어 살피소서

새

새는 달을 물고 날아가기를 좋아합니다
달은 초콜릿보다 더 달고 고소합니다
새는 달을 물고 서쪽으로 가기를 좋아합니다
거기는 기화요초가 만발하고 언제나 무지개가 뜨는 동산
입니다
새는 땅에 내려 앉아 있을 때도
마음은 언제나 달을 물고 있습니다
마음이 아플 때는 더 많은 달을 물고 있습니다
구름도 달을 물고 가기를 좋아하지만
구름은 가끔 달을 놓칩니다

쌀

쌀을 클릭하면
진달래와 철쭉이 웃으며 걸어온다
다시 클릭하면
뻐꾸기가 울고 개구리 울음소리에 마을이 둥둥 떠 간다
또 한 번 클릭하면
무술이*가 벼 한 묶음 들고 씨익 웃고
황소가 노을빛 울음을 토한다
쌀을 더블 클릭하면
할아버지의 기침소리에 워낭소리가 겹쳐지고
다시 더블 클릭하면
어머니의 베 짜는 소리와 긴 한숨소리가 들리고
한 번 더 더블 클릭하면
멀건 나물죽 같은 내 유년이 걸어 나온다
마지막으로 한 번 더 클릭하면
아프리카의 굶주린 아이가 클로즈업 된다

＊우리집 머슴의 이름.

단시 실험

봄 – 2어절 시

꼼지락 어질어질

삶 – 1행시

삶은 죽음 위에 핀 꽃이다

은자와 성자 – 2행시

벽을 등지는 자는 은자
벽을 안는 자는 성자다

장미 – 3행시

나는 악의 꽃
밤이 두렵지 않다
당신이 오면, 확! 태워버릴 거야

죽음 - 4행시

죽음은 없다
죽음은 삶의 변이형이다
우리는 죽음이라는 단어를 두려워할 뿐이다
'우리'가 죽을 때 있는 그대로가 보인다

사람이 신이다 - 5행시

　낮에는 태양의 눈으로 살펴도 사람들은 죄를 잘도 감춘다
　밤이면 수억 개의 별빛으로 감시하고 환한 달빛 비추어 살
피건만 사람들은 더 많은 죄를 이불로 덮는다
　새벽이면 신의 가슴에 맺힌 서리가 땅을 적신다
　이제는 사람이 신이다.

단시 여행 5수

철학과 시

철학과 시는 분명히 다르다
그러나 시를 철학으로 보는 사람은 시인이고
철학을 시로 보는 사람은 철학자다
다른 것을 같은 것으로 보는 사람은 성자다

해탈

대여大餘 = 부처 = 삼 세근 = 똥막대기 = 대여大與
대여大餘 = 하나님 = 늙은 비애 = 푸줏간에 걸린 커다란 살점
= 놋쇠항아리 = 순결 = 연두빛 바람
= 대여貸與

광고

99%가 거짓말
부가 가치만큼
그러므로 이윤은 거짓의 앞면이다.
그것은 〉 섹스

해탈 2

부처 = 삼 세근
부처 = 똥막대기
이를 용인하는 자는 극락
이를 부인하는 자는 지옥이다

예수

예수는 거짓말쟁이다
현실에서 구원이 불가능하다는 걸 알고
저 세상에다 천당이 있다고 선전을 했기 때문이다
그러나 지혜로운 거짓말쟁이다

랩식式 — 방탄소년단 BTS

나, 나, 나, 나, 나 …

너, 너, 너, 너, 너 …

갖고 싶어, 아름다운 꽃, 순수한 빛깔, 향기

갖고 싶어, 갖고 싶어.

우리가 달려갈 길 멀고 멀지만

포기할 수 없어. 함께 하고 싶어.

너를 안고 싶어. 하늘이 아무리 높아도

산이 아무리 험해도, 바다가 아무리 넓어도

나는 갈 수 있어. 기다려. 기다려 줘요.

곧 갈게. 바람처럼. 화살처럼.

나, 나, 나, 나, 나 …

너, 너, 너, 너, 너 …

사랑해, 사랑해, 사랑해 …

가라, 회의. 가라, 허무. 가라, 고독.

오직 하늘만이, 태양만이

우리의 것. 나, 너를 사랑해

사랑해, 사랑해애~

역설

3
– 늙음

늙는다는 건 좋은 것
이마에 강물이 출렁이고 머리엔 흰 눈이 쌓이니
그 아니 좋으냐?
늙는다는 건 고향에 한 걸음 다가가는 것이니
이 또한 기쁘지 아니하냐?
늙는다는 건 열반에 가까이 간다는 것이니
이 또한 기쁘지 아니하냐?
늙는다는 건 익는다는 것, 익어야 속이 차고 단맛이 나는 법
참 좋은 일이지.
늙는다는 건 신神과 같이 살날이 가까워졌다는 것
정말 좋은 일이 아니냐?
늙는다는 건 삶의 의미를 확실히 깨닫는 것
하늘과 땅의 이치를 안다는 것
자신이 생명의 끈을 이어주는 사다리라는 걸 아는 것
지상에서 밀려나 지평선 너머로 가는 아름다운 석양이 된
다는 것
것, 것, 것 …

정말 좋은 것.

아, 어서 흘러라, 저 강이여!

푸르러라, 저 하늘이여!

가장 밝게 빛나는 저 별이 된다는 것

모두가 그렇게 된다는 것을 아는 것

신의 축복이며, 신의 특별한 은총이라는 것

아, 화장化粧을 안 해도 되며, 아무도 돌아보지 않으니

마음 편해서 좋다.

무관심보다 더 좋은 게 이 세상에 어디 있더냐?

4

– 요절

일찍 죽는 것은 좋은 일이다

일찍 죽는 것은 그가 위대하다는 것이다

미인박명, 천재 요절,

영웅이나 위인도 대개 젊어서 일찍 죽었다

장수들도 일찍 죽는다

알밤은 일찍 떨어지고 쭉정밤은 오래오래 달려 있다

잘 생긴 곧은 나무는 일찍 베이고
꼬부라진 못생긴 나무는 오래오래 산다
그러므로 일찍 죽는 것은 좋은 일이다
더욱이 요즘 같은 시끄럽고 어지러운 세상에서는
더러분 꼬라지 안 보고
일찍 죽는 것이 얼마나 다행이겠느냐?
자식들의 짐도 덜어주고
더 이상 경쟁하지 않아도 되고
자리 모자라는 천당에 일찍 가서 자리 잡을 수 있고
이 얼마나 좋으냐?
요절해야 천재가 되고, 박명해야 미인이 되나니
일찍 죽는 것은 좋은 일이다.

5
 – 물로 칼베기

칼로 물 베기 –

부부 싸움만이 아니다

생사도 칼로 물 베기다
베어도 금시 합쳐지는 게 생사다

사실은
모든 게 물로 칼 베기다
물로 물 베기다

그런데도 사람들은 칼로 물을 베어놓고
그게 물로 칼 베기인 줄 모르고
울고 웃는다

6
– 평등

지구보다 더 아름다운 천국은 없다
몸보다 더 고결한 정신은 없다
중생보다 더 깨달은 부처도 없으며
종보다 더 높은 상전도 없다
가난한 자보다 더 행복한 부자도 없다

전쟁보다 더 아름다운 평화

돼지보다 더 예쁜 짐승도 없다

왜 우리는 여태껏 이걸 몰랐는가?

누가 어느 한 쪽이 다른 쪽보다 높고 귀하다 하였는가?

저승보다 이승이 훨씬 아름답고 행복하다

하늘을 보지 말고 발밑을 보라

음지보다 양지가 좋다고 말하지 마라

여자보다 남자가 우월하다고 하지 마라

아이보다 어른이 지혜롭다 하지 마라

바보보다 천재가 우수하다고 하지 마라

모든 것은 평등하다

이제까지의 모든 불평등을 철폐하라

관념놀이보다 돈을 세고 차라리 화투를 쳐라

지금 이 시간부터

연작 시조

소리

1
뜰 앞 외로운 매화 찬 바람 속 웃음 띠니
침침한 눈 밝아지고 귀조차 열리는구나
아이야, 너는 듣느냐 수평선 너머 해 오는 소리

창호지 우련 붉어 가만히 밀어보니
담 밑의 모란이 요염하게 웃는구나
아이야 너는 듣느냐 사랑의 숨소리를

깊은 밤 완자창에 수묵화가 흔들리니
마루 밑 삽살개가 사람 온 줄 짓는구나
아이야 너는 듣느냐 저 달의 숨소리를

장지문 덜컹거려 가만히 열어보니
백설이 껴안았구나 꽁꽁 언 나무들을
아이야 너는 듣느냐 땅이 우는 소리를

2
가을바람 서늘하여 문 닫고 누웠더니

앞 논에 몸 비비는 소리 문틈에 새어들고
감홍시 떨어지는 소리 뒤란이 아파하네

목침을 고쳐 베고 눈 감고 귀 여니
뒷산 골짜기엔 알밤 떨어지고
지평선 저 아래로 해가 가는 소리

3
해 지는 강가에는 갈대의 울음소리
나의 창에는 비 오고 바람 부는데
수평선 저 아래로 님 오시는 소리

4
한밤에 일어나 창문을 열어보니
별들은 총총한데 그믐달의 울음소리
내 님도 잠 못 이루고 저 달을 들을까

5
산에는 비 오고 바다엔 풍랑 일며
하늘엔 번개 치고 천둥이 울어대도

아이야, 너는 들으리라

수평선 밑에
해 오는
소리

제2부

죽는다는 건

죽는다는 건 데페이즈망이다

내가 이승에서 추방되어 낯선 저승에 서 있는 것이다
낯설겠지만 내가 내가 되는 것이다

무능한 국가주의와 유능한 국가주의가 위험한 회담을 한다
모든 뉴스가 가짜라는 대통령
가짜가 가짜를 가짜라 한다

플라톤이 말했다
세상에 진짜는 없다고

모든 게 가짜이므로 가짜가 진짜이다
가짜를 데페이즈망하면 진짜가 된다

죽는다는 건 내가
앤디 워 홀이 되는 것이다

겁외사劫外寺*

발끝 디밀자
와장창 깨지는 외로운 마당

삼 세 근을 두르고 고속으로 달리는 겁을 깔아뭉개고 겁
밖에 핀 잔인한 매화
흰 소나무들이 멀찌감치 지켜서 있다

목탁은 잠들어 있고
어둠 태우는 촛불 하나

언제부턴가 문을 나서
'물은 물이고 산은 산'을 들고
똬리를 튼 배암

밑 빠진 체를 들고 벽에 붙은
새까만 두꺼비 잡아먹고 있다

꿰뚫을 것도 없는데 무얼 뚫겠다는 건지

봄바람 드나드는 예담 밖에

다시 피는 그 매화

* 경남 산청군에 있는 성철 스님의 절.

구별하면 지옥 간다

봄 속엔 겨울의 꼬리가 들어 있고
다가올 여름의 머리도 들어있다

남자 속에 치마가 들어 있고
여자 속에 바지가 들어 있다

그늘 속에 햇빛 있고
햇빛 속에 그늘 있다

아이 속에 어른 들어 있고
어른 속에 아이 들어 있다

산 속에 바다가 출렁이고
바다 속에 산이 솟는다

너 속에 내가 있고
내 속에 네가 있다

물 속에 불이 활활 타고

불 속에 강물이 흘러간다

미움 속에 사랑이 들어 있고
사랑 속에 미움이 들어 있다

삶 속에 죽음이 있고
죽음 속에 삶이 있다

연꽃이다 진흙이다 구별하지 말아라
구별하면 지옥 간다

불의 집

진신사리를 안치하고 계단戒壇을 쌓자

밤과 낮이 불타고
하늘과 땅이 하나가 되고
눈이 내렸다

수많은 다리를 건너고 버려야 하는
부처가 없지만 천불, 만불을 모신
골짜기마다 고승들이 시원한 감로수를 쏟아내는 곳
여기서 우리는 우리의 모든 창을 닫아야 한다

일주문을 뚫으면
수많은 정적靜寂의 집들이 파란 풀로 일어서고
이름을 날려버리는 솔바람
문을 열고, 열고, 열고…

우리는 모두 홍매 백매로 피다가
목어의 뱃속에 숨었다가
땅땅 운판을 두드리다가

법고 소리에 흠씬 두둘겨 맞아 두두둑 옷을 찢는다

대웅전에서 우리는 슬프도록 찬란한 단청으로 피다가
닫힌 문의 고졸한 나무꽃으로 피다가
열린 문틈으로 숨이 멎다가
마침내 우리는 모두 구름이 된다

아, 이제 우리는 어디로 가야 하나?
온 곳이 없는데
서운암, 극락암, 자장암, 백련암…

그러나 가고 지고 가고 지고
금낭화가 줄 없는 팔일무八佾舞를 추고 공작새가
악!
지붕 없는 지붕으로 뛰어 오르는
된장독이 생각을 삭히는

통도사엔 오늘도 봄을 품은 눈이 내린다

상징의 숲

― 부도浮屠

평생 입고 온 남루를 벗은 스님들
이제 소나무 아래 검은 모자 쓰고 누웠다
모자는 대웅전 뒤뜰에도 있다

고독으로 담금질하여
시퍼런 칼끝에서 얻은
영롱한 흑진주
오, 찬란한 죽음이여

그러나 둥둥 뜨는 구름이여
바람은 바람 따라 가고
흙은 흙으로 갔는데
도대체 무슨 찰나를 저렇게 돌로 깎아
영원에 가두었는가

대중들은 당신 앞에 손을 모아 빈다
그러나 십자가는 예수가 아니다
달을 보지 않고 손가락을 보아서는 안 된다

오대가 공한데

공한 것으로 공을 말하니 무엇이 공인가

깨달음에 집착하는 건 아직은 진흙

저기 장난치며 걸어오시는 동자승에게 물어보라

세월의 푸른 이끼로 자라

희미한 달빛 속에서 노래하는 검은 모자를

그것은 존재의 집

돌은 돌이고 풀은 풀이다

열반

1
사랑하라!
머리와 꼬리를 맞대어라

오르가즘이 열반이다
열반을 절에서 찾지 마라

사랑하라
분노하는 용암처럼 사랑하라

지상에서 유일한 열반
– 사랑이다

사랑하라
죽음처럼 사랑하라

너도 없고 나도 없어질 때
까지

2

열(十)의 반(半)이 열반이다
몸에 열이 나서 생긴 반점이 열반이다

열반을 머릿속에서 찾지 마라
손가락을 보지 말고 달을 보아라

있는 그대로가 열반이다
산은 산이고 물은 물이다

돌을 깨는 것이 열반이다
개흙과 쟁반을 하나로 보는 것이 열반이다

뒤엉키지 않고
절뚝거리지 않는 것이 열반이다

창과 방패를 초월하는 것이 열반이다
초월도, 열반도 없는 것이 진짜 열반이다.

순례

살아 있는 모든 것을 사랑해야지
아니 죽어 있는 모든 것도 사랑해야지
한 순간도 쉴 새 없이 그들을 위해 기도해야지
그들에게 안식과 평화가 있으라고
나는 가족과 이별하고 길을 떠났다
모든 것을 포기하고 모든 것을 얻기 위해
조금의 방심도 허용치 말고 기도해야지
모든 걸 사랑한다고
산처럼 강처럼 기도해야지
나라고 하는 걸 찰나도 생각치 말고
내 몸도, 내 피도, 나의 몸속의 이물도
모두 내 것이 아니라고 하는데
무엇이 아까우랴
나만 아픈 게 아니고
나만 슬픈 게 아닌데
누구를 원망하고 누구를 탓하는가
땅속에 갇혀 아파하는 저 지렁이를 위해서도
기도해야지 무명의 꿈을 꾸는
하루살이 애벌레를 위해서도

숨이 차는 고갯길을 오르고

미끄러지는 얼음판의 강을 건너는

어디로 가는지도 모르고 가는 저 야크처럼

오직 남을 위해 기도해야지

순간도 쉬지 말고

바위처럼

눈물 없이 우는 저 사막처럼

중도中道

나는 봄과 가을을 좋아한다
여름과 겨울의 경계선
덥지도 춥지도 않는 그 중간
봄·가을이 좋다

나는 새벽과 황혼을 좋아한다
낮도 아니고 밤도 아닌 그 중간
낮이면서 밤이고 밤이면서 낮인
새벽과 황혼이 좋다

나는 우리를 좋아한다
너도 아니고 나도 아닌
너와 나가 잘 섞인
우리가 좋다

나는 제3지대를 좋아한다
여도 야도 아닌, 좌도 우도 아닌
가진 자와 못 가진 자가 함께 가는

제3지대가 좋다

나는 태극을 좋아 한다
음도 아니고 양도 아닌
음양이 서로 밀면서도 당기는
태극이 좋다

그러나 나는 '좋다'를 사랑하지 않는다
그렇다고 '싫다'를 미워하지도 않는다

견성성불見性成佛

변기에 앉아서 보는 화장실 바닥의 타일 무늬가 여러 가지 그림을 보여준다 어제는 호랑이 발이더니 오늘은 암놈 위에 올라탄 들소가 된다 아까는 여기저기 나무들이 서 있는 넓은 들판이더니 지금은 산으로 강물이 흘러간다 어느 선을 취하고 어느 선을 버리느냐에 따라 어디까지 보느냐에 따라 짐승이 되었다가, 나무가 되었다가, 사람이 된다 사람도 어떤 때는 태극기를 들고 만세를 부르는 여인이었다가 어떤 때는 멋진 춤을 추는 발레리나가 된다 화장실에 앉을 때마다 나는 그림을 감상하는 삼매에 빠진다 그런데 사실은 내가 타일의 그림을 보는 게 아니라 내 마음을 보는 것이다 산이나 해안에서 바위를 볼 때 우리가 그것을 코끼리나 촛대나 관세음보살로 보듯이 모든 보이는 것은 마음이 그리는 그림이고 모든 들리는 것은 마음이 듣는 소리다 나는 화장실에 앉을 때마다 타일에 그려지는 그 순간의 내 마음을 본다 그런데 그 그림은 순간마다 변하는 동영상이다 나는 화장실에 앉아 있을 때가 하루 중 가장 즐겁고 행복하다 아! 마음을 보면 부처가 된다는데, 마음을 보면 부처가 된다는데, 마음을 보면 …

탑을 쌓으며

쌓으면 허물어지고 또 쌓으면
또 허물어지고
아니 누군가가 허물고
허물어질 줄 알지만
또 쌓을래
허물어질수록 더욱 좋아
허무는 자에게 축복을
쓸면 뿌리고 쓸면 또 뿌리는
나무들이 좋아
열매가 중요한 게 아니고
하루하루를
쌓는 게 중요하지
부처를 쌓든 하나님을 쌓든
마음의 돌을 하나씩 쌓아가는 거야
하늘에 닿지 않아도 좋아
내 마음이 너에게 닿아 하나가 된다면
나는 열반
사랑한다. 세상아!

굼벵이의 날개

굼벵이도 해탈을 하는데
니는 왜 못하노?
매미도 7년 동안 땅속에서 침묵을 먹고 해탈을 하는데
니는 7일도 침묵을 못하나?
가을바람에 뱀도 허물을 벗고 자유가 되는데
니는 뭐가 겁나서 도망가노?
개구리도 한 겨울을 땅 속에서 봄을 준비하고
곰도 삼동을 굶으며 사람이 되려고 꿈을 꾸는데
아이구, 인간아! 니는 뭐하고 있노?
화두를 물고 늘어졌다고? 책을 읽는다꼬?
지랄하고 자빠졌네
아, 그래가꼬는 백년하청이제
땅 속을 파고 들어가 아무것도 안 묵고
캄캄한 어둠에 맞서야 하는 기라
자기를 꽉 눌러 잠을 재워야 하는 기라
그래서 봄이 오면 나무에 올라가
매미처럼 허물을 벗는 기라
그래야 날개가 돋아나고 목청이 터지는 기라
그래야
신화처럼 사람이 되는 기라.

기호

세상은 기호들이 넘쳐흐르고
보이지 않는 거대한 거미는 끊임없이 그물을 짠다
우리는 그 그물에 갇힌 고기들
아니 그물 한 코를 조심조심 당기며 끌고 가는 물고기
새는 날아서 자유롭지만
날개를 달고 싶은 고기는
오늘도 하루를 갉아 먹는다

눈眼

사람의 눈으로 보면 하루는 너무 짧지만 하루살이의 눈으
로 보면 하루가 한 평생이다
땅에서 보면 강은 너무 길지만 비행기에서 보면 너무 짧다

이쪽 집에서 보면 저쪽 집이 밖이지만 저쪽 집에서 보면 이
쪽 집이 밖이다
같은 천장도 아래층에서 보면 천장이지만 위층에서 보면 바
닥이다

한국인은 안중근을 영웅으로 보지만 일본인은 원수로 본다
일본인은 이또오 히로부미를 영웅으로 보지만 한국인은 원
수로 본다

마주보고 선 사람의 왼쪽은 상대의 오른쪽이 된다
내가 상대를 너라고 하지만 상대는 나를 너라고 한다

내가 기쁠 때 김봄소리의 리고이네 르 바이젠*은 아름답지
만

내가 슬플 때 김봄소리의 리고이네 르 바이젠은 슬프다

이쪽과 저쪽, 너와 나는 정해진 것이 아니다
사람들이 말하는 이름일 뿐.

* 라흐마니노프의 피아노 협주곡 제13번 D단조 작품 30, 3악장

꽃 3

당신은 아름다움의 완벽한 블랙홀이다
진眞도 선善도 다 빨아들인

당신은 특수한 집합이다
당신은 특수한 부분이지만 전체다

당신은 지금까지 인간이 풀지 못한
가장 어려운 수학문제보다 더 어렵다

당신은 이름이 없다
우리가 이름을 부르면 당신은 당신을 떠난다

당신은 항상 우리 앞에 있지만
우리는 당신을 볼 수 없다

당신은 항상 우리의 맞은편에 있다
가끔 당신이 우리 옆에 있어도 당신은 항상 우주 너머에 있다

우리는 당신이 항상 곁에 있기를 기도하지만
당신은 곧 우리를 떠난다

숲에서

바람이 부니 숲에서 소리가 들려오네
저 소리는 바람의 것인가 나무의 것인가

손바닥도 북소리도
둘이 부딪혀 아파야 소리가 나듯

저 소리도 바람과 나뭇잎이 부딪혀
아파서 우는 소리네

아파도 부딪혀야 소리가 나네
음악도 사물이 아파서 우는 소리네

부딪히거나 떨어지는 아픔
그것이 자연의 언어이네

아아,
혼자서는 아무것도 낳을 수 없네
혼자서는 죽을 수도 없네

절대 자유

— 매미

한밤중에 내가 우니 사람들이 내가 돌았다고 한다

시절이 하수상해서 시도 때도 없이 우니 미쳤다고 해도 과
언이 아니지

그러나 돈 것은 내가 아니라 너희들 인간이지

한 바퀴 잘못 돌아갔으니 다시 한 바퀴 돈 나는 정상이지

사람들은 내가 섹스를 하고 싶어 환장을 해서 밤중에도 짝
을 부르고 새벽에도 발광을 한다고 하지만 그러나 그게 아
니야

7년의 무명 — 그 캄캄한 서러움이 만들어낸 기쁨의 노래
를, 고통에서 해방된 해탈의 맛을 너희들에게 나눠주기 위
해서 이렇게 시리도록 찬란한 울음을 우는 거야.

말이 울음이지 울음이 아니야 그건 너희들의 말이지.

그건 노래야, 열반의 노래고, 감사의 노래지.

절대 자유를 쟁취한 승리의 노래지.

이 노래의 맛 — 다시는 이와 똑 같은 노래를 절대 들을 수
없는, 딱 하나뿐인

이 기쁨의 노래를 너희들에게 들려주기 위해서 내가 목이
쉬도록 부르는 것이야.

이 밤중에 잠을 안 자고 부르는 나의 마음을 너희들은 모

르고 있어.

　귀 기울여 들어보렴.

　이 절대 자유의 노래를…

노래는 강물처럼 출렁이고

노래는 언제나 푸르게 출렁이고
새는 공중에서 말씀을 물고 저승과 이승을 오가는데
사람들은 구름이 되어 방황하고
산은 늘 잠 속을 여행한다
들판엔 바람이 탈색을 하고 묵상 수행 중이다
나는 공연한 욕심에 뜬 눈으로 하얗게 밤을 새우고
충혈된 눈으로 또다시 허황된 무지개를 낡은 벽에 건다
날아 올라라, 땅에서 네 발을 떼어라
눈을 비비고 다시 보아라. 세상의 꽃잎을
귀를 후비고 다시 들어라. 세상의 노래를
버리고 떠나라. 너를 점령한 검은 구름을 쫓아내어라
자, 떠나자, 동해바다로 고래처럼 숨을 쉬는 신화 잡으러
아무리 둘러 봐도 동행할 이 없구나
무소의 뿔처럼 혼자서 가라
새들이 부르지 않느냐
산과 강물이 함께 하고, 붉은 구름 기둥이 인도하리라
귀뚜라미도 고층 아파트의 벽 속에서
슬픔을 가르치기 위해 괴로움을 참는다
그러니 너도 울어라 너 자신을 위해

울어서 세상이 울게 하여라

그리고 너 자신을 위해선 아무것도 하지 말아라

생각도 행위도

인생은

인생은 시이소 타기

내가 올라가면 너는 내려가고
내가 내려가면 너는 올라가고
네가 기쁘면 나는 슬프고
네가 슬프면 나는 기쁘다

내가 행복하면 너는 불행하고
내가 불행하면 너는 행복하고
네가 편안하면 나는 불안하고
네가 불안하면 나는 편안하다

어찌 개인만 그러랴?

너희들이 웃으면 나는 울고
너희들이 울면 나는 웃지

나라도 마찬가지

이 나라가 웃으면 저 나라가 울고
이 나라가 배고프면 저 나라가 배부르지

나라만이랴? 은하계도, 우주도 마찬가지

한쪽이 올라가면 한쪽은 내려가지
시간은 순간이고, 그 양은 반반이며, 그 운동은 되풀이되지

어느 쪽이 더 많이 젖느냐는 건 운명, 그건 신이 알아서 한
다는 것
그리고 모든 것이 지나가는 바람이라는 것

인생은 시이소, 신은 수평기
꽃 피는 시간은 언제나 찰나죠

기억하라!
강물은 흘러가도 언제나 되돌아온다는 거

잠언시

1

내리막은 오르막 끝에서 시작한다

세상은 별 것 아니고 참 우습기만 하더라

이를 악물고 모은 것이 결국 남 주기 위한 것이더라

2

죽으라고 사랑해도 저 세상엔 함께 가지 못한다

이데올로기는 휴지조각이 되고

투쟁은 텅 빈 광장에 검은 깃발로만 남나니

3

산다는 건 죽음을 향해 가는 길

죽는 것은 삶을 향해 가는 길

나면 사라지고 사라지면 나나니

4

같은 것을 다르게 보는 이는 중생이고

다른 것을 같이 보는 이는 부처다

그러나 이 둘을 같이 보는 이가 진짜 부처이다

셈본

대부분의 사람은, 껍데기〈알맹이

그러나, 껍데기〉알맹이

아니지, 껍데기=알맹이

아니지, 아니지, 〉, 〈, =, ≠도

아니지,

크다, 작다/ 좋다, 나쁘다=사람들의 셈본.

자연의 셈본은 아니지.

매미 3

나는 자유다 ~
나는 자유를 찾았어 ~

목이 터져도 좋다 ~ ~
다시 땅 속에 처박혀도 좋아 ~ ~

하늘이 내 것이고
구름이 내 것인데

더 이상 뭘 바래
더 이상 뭘 원해

나는 자유다 ~ ~ ~
나는 자유를 찾았어 ~ ~ ~

박쥐

곰곰이 생각해 보면

나무는 뿌리를 땅에 박고 서 있는 게 아니다 뿌리로 땅을
꽉 물고 죽을힘을 다해 매달려 있는 것이다 사실 우리도 땅
을 딛고 서 있는 게 아니라 지표에 거꾸로 매달려서 허공에
떠 있는 것이다 어둡고 축축한 동굴의 천장에 매달린 박쥐
처럼 만약 중력이 없다면 땅 위의 모든 존재자들은 놓친 풍
선이 될 것이다

우리가 죽는다는 건 우리 자신이 가진 중력이 다 소진되어
우리가 지구에서 떨어져 한없이 깊은 캄캄한 우주 공간으로
가없이 떨어진다는 뜻이다 우리가 영원히 돌아올 수 없는 우
주의 미아가 된다는 뜻이다 우리가 햇빛이 없는 암흑 속에
서 사는 박쥐가 된다는 뜻이다 우리가 날개 없이 여행을 떠
난다는 뜻이다.

이게 우리의 실존이다

외로운
새로움 강준철 시집

제3부

수족관

죽음이 코앞인데 어찌 저리 태연할꼬?
지느러미 흔들며 유유자적
아, 우리도 저러하리. 저럴 수밖에 없지
죽을 때를 모른다는 건 신에게 감사할 일이지
만약 우리가 죽을 때를 안다면
카인이 될지도 모르지
그러나 죽을 때를 모르니 짓까불고 있는 거지
저 물고기처럼 삶을 헤엄치지
행복은 모르는 데서 온다
그러니 살고 죽고를 생각치 말고
죽는 순간까지 아가미를 더욱 자주 뻐끔거리고
꼬리를 흔들지어다
어안이 되어 세상의 속이나 까뒤집어 보고
언제 칼이 목에 들어와도 좋다고 생각하며
느긋하게 꼬리나 흔들자.

목숨 3

그 어떤 칼도
그 어떤 깃발도
그 어떤 보이지 않고 알 수 없는 하늘도
함부로 한 사람의 목에 칼을 꽂을 수 없다

오뉴월의 무자비한 햇빛 아래
모래밭에 스스로의 손으로 무덤을 파고
그 앞에 눈을 가린 채
총구멍 앞에 서 있는
내 아버지의 찢어지는 하늘을 차마,
어떻게 눈뜨고 바라볼 수 있으랴

피로 이어지는
사랑하는 사람을 두고
머리 위를 항상 비추던 별을 포기하고
따뜻하고 달콤한 시간을 버리고
적의와 원망까지 던져버리고
가야 하는 사나이의 닫힌 하늘을
우리가 어찌 열어볼 수 있으랴

〉

강물이 놀라 뛰어오르고

개들이 정적을 물어뜯는 미친 대낮

한 사나이가 검은 해를 이고

붉은 역사를

토해 내고

있

다.

거미와 민달팽이와 나

오늘은 왜 한 놈도 걸리지 않지?
숨을 죽이고 좀 더 기다려 볼까?
아, 뱃속의 내 새끼를 위해 먹어야 해
제기랄 걸리라는 먹이는 걸리지 않고
쓸 데 없는 낙엽 하나와 씨앗 두 개만 걸렸네

그물은 한쪽이 찢어졌는데
줄무늬 배와 녹색 피부엔 가을이 외롭다

사랑이 고픈 민달팽이 뿔을 세우고 두리번거리며
아, 그녀는 어디로 도망갔지?
아유! 불나, 목이 타고 창자가 꼬이네

나는 그 놈을 피해 건너뛰었다
혹시 모르지
내 신발에 보이지 않는 생물이 밟혀 죽었을지도

그러나 어쩌랴?
세상은 서로 죽이고 죽는 것을 …

모기는 나의 피를 빨아야 알을 낳고
저 거미는 저 모기를 잡아먹어야 새끼를 낳고
저 새는 또 저 거미를 잡아먹어야 아름다운 노래를 하고
그러면 나는?

다행히 내가 오래 눈이 밝아
그들을 밟지 않기를 빌 뿐

씀바귀

예쁜 소녀들이 산길에 모여 노랗게 웃었다
해마다 여기서 너희들을 만나다니
껴안아 주고 싶구나

꿩! 꿩!
산 저쪽에서
암놈을 향한 장끼의 구애가 뜨겁다

맑은 공기를 깡통에 넣어 파는 시대
그래도 아직 대한민국은
살 만한 곳이 아니냐

까마귀도 울고, 까치도 짓고
매미가 저렇게 신나게 노래하니
아직은 휘파람을 불 만하구나

그러나 살아있다는 게 행복이지
내년에 다시 만나자
귀여운 소녀들아

〉
오, 내 오직 기도하는 것은
무지막지한 사람들의 칼날이 너희들 가까이에 오지 않는 것
네가 있어야 우리가 있나니

안녕, 안녕 ~
두 손을 모은다

바다를 자르는 여자

 — 독거도*

밧줄 하나에 목숨을 걸었다
파도와의 전쟁
바위의 거웃을 자르는 일이다
물이 나갔을 때 그 뿌리를
재빨리 잘라 갯바위에 내동댕이쳐야 한다
물이 내려가면 허리에 두른 밧줄을 풀고
물이 올라오면 줄을 당겨야 한다
산다는 건 파도와 호흡을 맞추는 것
미역 한 줄기가 목숨 한 줄기
물 밑에서 춤추는 유혹
깊은 곳일수록 더욱 탐스럽다
거친 숨소리, 파도로 일어서는 근육
시퍼런 낫날이 8월의 햇빛을 잘라낸다
산다는 건 죽음과 맞서는 것
노부부는 바다와 바위의 경계선
그 어두운 곳과 싸운다
진저리가 나는 바다
그러나 그 바다보다 넓은 목숨
독거도의 여름은 전쟁보다 뜨겁다

*전라남도 진도군 조도면에 있는 섬.

사랑 4

하필이면
베란다 냉방기 실외기 아래 새끼를 깠다
똥과 냄새에 털까지
쫓아도 쫓아도 날마다 찾아오는 비둘기
막대기를 휘둘러도
케이블 타이로 위협해도
그물을 쳐도
결사항전
새끼 사랑에 휴전은 없다
인간이나 짐승이나 자식 사랑은 같은 것
누가 이 사랑의 전쟁을 막을 것인가?
핵보다 무서운
뜨거운 강물은 오늘도 날개를 기른다

무

잘린 대가리를 접시에 담가 놓으니
초록 손을 내밀었다
창가에 올려 물을 주고 빛을 주었더니
깃대를 세웠다

어느 날 꽃망울이 맺히더니
깃대 끝에 나비가 피었다
보랏빛 테두리의 흰 누리그물

숨을 할딱이며 깃발을 흔드는 나비 떼

목숨줄 이으려고
자신의 몸을 내어 주는 처절한 투쟁

폭압의 공간을 탈출하고픈
저 애절한 눈빛이여

소리 없는 절규여

〉
자유의 영토를 주었더니 그의

미소가

나를 춤추게 했다

아그배

아무리 추위가 와도
당신이 있는 한 우리는 춥지 않다

천둥과 벼락이 쳐도
별보다 많은 당신의 열매가 있는 한
우리는 천하의 그 무엇도 두려워하지 않는다

우리는 당신의 튼튼한 자궁과
산 같은 엉덩이에
맹목의 신도가 된다
우리는 그 무엇을 만나면 그 무엇이 되지만
당신 앞에서는 종이 된다

아, 그, 배~ 아그, 배~ 아, 그배~
모지사바하

비나이다, 비나이다
우리에게 많은 열매를 주소서

도야지를 잡으리까? 소를 잡으리까?

우리의 귀한 청이*를 바치오리까??

* 심청이

달아, 안녕?

달아, 안녕?

암스트롱을 왜 미투하지 않니?

예전엔 넌 우리 모두의 애인이었지

밤이면 너의 가슴에 안기고 싶었지

이백이는 너와 마주 앉아 술을 마시며

너를 사랑했지. 미치게 사랑했지.

너는 우리 모두의 어머니였고 우리의 신이었지

그러나 오늘 우리는 너보다 더 밝고 아름다운 달을 발명하

고 너를 배신했지

이제 너를 보며 소원을 비는 어리석은 놈은 없지

아직도 마음이 호수인 여인들이, 어둠에 빠진

여인들이 가끔 너를 찾지

마음에 늘 눈:이 내리는 어린 아이들만 너를 보고

안녕! 하고 인사하지

불쌍한 시인들이 가끔 너를 호명하며 신세타령을 하지

달아, 달아 밝은 달아, 암스트롱에게 성폭행 당한 달아, 그

래도

오늘 밤 나는 너에게 "안녕!"이라고

인사한다.

이제 인간들은 해도 보지 않는다

해를 만든 신을 부정한다

베드로가 그러했듯이 세 번이나

아니 열 번, 스무 번 부인한다.

달아, 달아 미안하다. 부끄럽다.

나의 손자는 지금 너를 보고 "안녕!"이라고 인사한다.

오, 나의 산다화여!

사람들의 가슴에 불을 질러라!

새는 슬픈 노래를 부르지 않는다

운동을 하다 윗몸일으키기 판에 몸을 누이니
너무 편안하다

시원한 바람이 겨드랑이를 간지리고
초록 잎이 눈을 씻어준다

아아, 누우니 이리 편한데
죽으면 얼마나 편할까

늘 서 있는 저 나무는
얼마나 눕고 싶을까

날개로 늘 삶의 무게를 달며
흔들리는 가지에서 외로움을 견디는 저 새는

얼마나
눕고 싶을까

＞

그러나 분명,

새는 슬픈 노래를 부르지 않는다

어디로부터 와서 어디로 가는지를 셈하지 않는다

페루

붉은 호수가 춤춘다

플라밍고가 물속의 자아를 뒤진다

새들은 날아가도 그림자는 남는다

실재는 언제나 상식과 편견을 깨고

나를 경악케 한다

그림자가 새들을 끌고 간다

하늘보다 아름다운 땅

우리의 존재여!

악어백

1

악어는 누를 한번 물면 절대 놓지 않고

여인들*은 그 악어를 한번 물면

절대 놓지 않는다

아, 저

비린

내

2

악어는 누를 한번 물면 절대 놓지 않고

여인들은 그 악어를 한번 물면

절대 놓지 않는다

아, 저

〉
비린

내

아니야, 아니야, 나는 아니야

손을 흔들며 지나가는 검은 그림자들

3
악어는 누를 한번 물면 절대 놓지 않고

여인들은 그 악어를 한번 물면

절대 놓지 않는다
아, 저

비린

내

아니야, 아니야, 나는 아니야

손을 흔들며 지나가는 검은 그림자들

여성 비하다. 집어 치워라!

그렇다면 〈목걸이〉를 쓴 모파상부터 고소하라.

이건 문학이다. 표현의 자유다!

사물의 경계는 어디까지인가? 경계는 가를 수 있는가?

* 생명 존중 사상을 위해 불특정 일부 여성들의 성격을 이용하여 시적으로 표현
한 것임.

소리 6

풀벌레가 숲에서 노래한다
그에게는 연가戀歌지만 적들에게는
반가운 정보다
그러므로 저 소리는 노래도, 신호도 아니다
그래도
그래도 노래해야 한다
새가 내 머리를 쪼아버리더라도
밤 새워 노래해야 한다

오오, 님이여!
죽음보다 큰 님이여
달처럼 오시라
달려오시라

제4부

땅이 역사다

   - 박물관에서

왜곡되지 않은 참 역사는

땅 속에 엎드려 있다

저 깨어진 빛나는 푸른 공간

저 숨 쉬는 황금빛 시간을 보라

거기 새싹 같은 푸릇푸릇한 역사가 돋아나 있지 않은가

거기는 생명 유지의 강물 같은 몸짓이 있다

인간의 원초적 모습이 꽃피어 있다

거기에는 또한 목숨과 평화와 자유를 지키려는

창과 칼이 녹을 뚫고 날카롭게 빛난다

피비린내 나는 화살과

지혜의 날을 세운 석기들과

청동기들의 경건하고 엄숙한 표정과

옥가락지, 금팔찌, 금귀고리, 팔거리들의 아름다운 오만과

화려하고 정교하게 숨 쉬는 권위와

오, 무엇보다 저 어깨를 기댄 토기들의 소박한 속삭임을 보라

거기, 인간의 원형적 삶이 살아 있지 않느냐

이것이 역사다

죽음 속에서도

숨 쉬는 찬란한

장마 7

일년 내내 해만 쨍쨍하지도 않고
일년 내내 비만 오는 것도 아니다

일생을 세상 바깥에서만 놀아도 안 되고
일생을 세상 안에서만 놀아도 안 되지

긴 장마 중에도 가끔씩 해가 얼굴을 내밀면
궁핍한 초목들은 기쁨에 전율하지

유난히 비가 많이 왔던 피난 시절
그래도 돌아와 보니 들판엔 벼가 누렇게 익었더라

오늘 우리는
우리의 축축한 역사가 우리의 등바닥을 잡아당기더라도
분노처럼
그 눅눅한 습기를 몰아내고 일어나야 한다

안데스의 콘도르여

안데스의 깊은 골짜기를 박차고 오르는 콘도르여
하늘은 나의 것이라고 외치는 콘도르여!
진정 우리는 누구인가?
우리는 무엇 때문에 시간과 공간을 넓히려 하는가?
아니 초월하려 하는가!
콘도르여 답해다오.
오늘도 애달픈 가락은 티카티카 호수에도 흐른다
그들의 모자를 스친다
그들의 검은 얼굴과 눈동자에 비치는 콘도르의 그림자여!
리마의 광장을 너의 넓은 날개로 덮어라
엘 콘도르 파사!

장막

거대한 장막이 해를 가린다
눈알들이 굴러 낭떨어지에서 투신한다
비가 석 달 열흘 계속 내리고
바닷물이 길길이 뛰며 육지를 공격한다
수천 명의 데모대가 피켓을 들고
군대로 무장한 평등에 항의한다
모든 것은 이기심에 근거한다
꽃들이 시들어 모가지를 늘어뜨리고 있다
디카가 눈을 깜박이며 밥만 먹고 있다
휴대폰도 띠딩 밥을 먹고 있다
그는 눈을 뜰 것인가?
봉사가 된 디카
왜 카메라들이 눈을 감는가?
왜 손가락이 자판 위에서 굳어지는가?
장막 위에 다시 장막을 친다

달은 산을 넘고

달은 산을 넘어 달아나고
총은 숨을 헐떡거리며 쫓아가고

그 달님
지금 안녕하신가

공원에는 벌써 매화가 피고 …
더 이상 무지개를 쫓지 말라

붕어빵 3마리 1,000원에 팔려가고
지난 세상 최고의 권력자들
줄줄이 감옥에 가고

어찌 알 것인가
시간이 휘어져
달이 산을 넘어 되돌아올지

매미들의 항변

해일이 밀려와 도로와 집들을 삼키고
길과 논밭을 무너뜨리고, 온 마을을 쓸어버린다
묘지도 학교도, 교회도

어깨를 끼고 사람들이 떼를 지어 합창을 하며 돌진한다

하야! 하야! 물러가라!

여기서도 몰려오고 저기서도 몰려온다
거대한 분노의 파도가 나라를 흔든다

자유를 달라! 민주를 세워라!

태극기가 돌진한다

머리띠를 두르고
어깨띠를 한 사람들
팔을 높이 들어 주먹으로 허공을 친다
아침에도 한밤중에도

우리에게 자유를 달라!
우리의 생존권을 박탈하지 말라!
민주의 깃발을 다시 세워라!

노래는 오직 하나

자유여! 자유여!

보안사保安司

나라의 비밀번호를 해체했다 불확정의 시대, 평화는 차연
되고, 남북은 상호텍스트가 되었다

존재자는 존재의 비밀번호다 우리는 그 비밀번호를 알고
싶어 신전을 세우고 새벽마다 무릎을 꿇는다

우리는 비밀의 성에 산다 내가 내 집에 들어갈 때도 현관
에서부터 비밀번호의 검색을 받아야 하고 방문 앞에서도 비
밀번호의 몸수색을 받아야 한다 비밀번호를 잊어버리면 나
도 내 집에 들어갈 수 없다 비밀번호를 잊어버리면 컴퓨터
에게 수색 당하고 카톡과 페이스북과 트위트와 이메일에게
쫓겨난다

그런데 이걸 도둑맞으면 알거지가 될 수도 있다 그래 재산
이 많을수록 비밀의 문을 더욱 튼튼하게 만들고 꼭꼭 잠그
고 확인에 또 확인, 여행 가방은 번호를 돌리고 돌리고 돌리
고도 열쇠를 채운다 목숨보다 무거운 금고의 비밀번호 – 자
다가도 더듬는다 그러나 당신의 천장에는 그 소리를 엿듣
는 간교한 쥐들이 있다

우리는 모두 스파이다 개인정보를 1급 비밀로 관리하는 보

안 프로그램을 겹겹이 깔고, 날마다 벽을 높이고 성을 높이 쌓는다

　세상에 믿을 놈은 하나도 없다 자식에게도 그걸 알려선 안 되고 비자금 통장은 마누라에게도 알려선 안 된다 권력가들은 더 커다란 비밀번호 꾸러미를 가지고 숲 속에 숨어 숫자들의 입에 재갈을 물린다.

　오늘 우리는 스스로 비밀번호의 쇠사슬에 묶이기를 좋아한다 자유보다 비밀을 사랑한다 평화보다 비밀번호가 더 좋다

　문명이 발달할수록 늘어나는 건 비번
　우리는 모두 각자 보안사령관이다
　그 지하에는 늘 욕망이 활활 타오른다

포스트 예술

변기를 미술관에 갖다 놓고 미술품이라 하네
비누 상자를 쌓아놓고 미술품이라고 하네
제작이 예술이 아니라 배경이 예술이 되네

외계어나 욕설, 삼류 뽕작 가사, 광고문, 남의 시를 기워
문학잡지에 올려놓고 시라고 하네
의미가 탈색된 기호들을 나열해 놓고 시라고 하네
무의미 철자들을 제멋대로 흩어놓고 시라고 하네

사각형의 철판에 자연석을 모아 놓고 미술품이라 하네
왜 그것이 미술품이 되는지를 사유하는 것이 미술이라 하네
사물과 사물의 관계가 빚어내는 그늘과 여백, 위치가
미술작품이 되는 시대

뒷골목에서 노는 불량배들
가난한 흑인 아이들이
심심해서 너무너무 심심해서
아무렇게나 지껄이는 넋두리와 몸부림이
음악이고 춤이라네

〉

예술 그거, 참 쉽죠이?

순수와 비순수

부처와 중생이 원래 한 몸이니

경계가 있으랴

어차피 모두가 가짜이니 가짜의 가짜인들 무슨 시비가 되랴

예술이라면 예술이 되는 거지

입소문

입소문이 사람들의 귀를 잘라간다
찐빵이 사람들을 줄 세우고
붕어빵이 사람들을 무릎 꿇린다
아파트 청약권이 사람들에게 목줄을 맨다
마네킹의 미소에 사람들이 새 옷을 버리고
가방에 자존심을 돌돌 말아 처박고
목에 힘줄을 돋우고 활개를 친다
텅 빈 머릿속에 외제차를 몰아넣고
구름이 되어 고속도로를 날아간다
머리를 감아 빗지 않고 화려한 모자 위에 또 모자를 쓴다
약으로 세 끼를 먹고, 밤참까지 먹는다
너희가 잠이 몸을 잡아먹도록 일을 한다면
왜 몸이 잠을 잡아먹고 눈이 말똥말똥 하겠나?
새벽이여 뛰어 오라!
너희가 생을 정말 알고 싶다면
어찌 40일을 굶으며 사막에 서거나
거울을 보지 않고 소문에 흔들리는가
정치는 안개와 밤이 속삭이는 입소문이며
우리가 정치를 정치할 때
우리는 검은 옷을 벗고 웃느니라.

행복한 해일

습관적으로 리모컨을 누름으로써 하루가 시작된다.
주머니를 노리는 광고의 미끈한 다리, 새빨간 입술,
성형 받은 여론,
검붉은 이데올로기의 의도된 세뇌,
돈 놓고 돈 먹는 중독성 스포츠,
혼을 빼는 뇌살적인 노래와 춤,
결과가 뻔한 드라마,
하늘을 핑핑 날고, 치고 박는 신나는 영화,
약사나 의사나 영양사로부터 공짜로 처방 받고,
변호사, 회계사들의 도움으로 돈을 벌고,
박사, 교수들로부터 세뇌당하고 정치가들에게 선동 당한다.
매일같이 이미지의 폭풍우가 쏟아지고 언어의 해일이 일
어난다.
우리는 이렇게 날마다 방안에 앉아서 자기도 모르게
텔레비전님께 세례를 받고,
전화로, 문자로, 카톡으로, 밴드로,
언제 어디서든 똑똑한 전화님으로부터 구원받는다.
날마다 그분들께 정보의 은총을 받고 웃지만
우리는 시나브로 에덴의 동쪽으로 추방된다.

횡설수설

꽃은 먼지에서 왔고

먼지는 꽃에서 왔도다

가고 오고 돌고 돌고

바람은 가고 오고 지구는 돌고 돈다

이것이 진리다

하늘의 절반은 땅이고 땅의 절반은 하늘이다

사람의 절반은 짐승이고 짐승의 절반은 사람이다

– 그러니 걱정 말어. 모든 건 절반이야. ½.

알았어? 알었어?

– ??????

요즘 철없는 한국인들이 좋아하는 말로 "노프로브럼!"

이제 알았어?

중국어로 해? 이써가만발이나빠질놈아!

반을 얻으면 반을 잃는 법이야

하나를 얻으면 하나를 잃는 법

그늘이 짙을수록 햇빛이 더욱 밝지!

노래는 슬플수록 즐겁다

아니 노래는 슬퍼도 즐겁다

그러므로 너는 슬픈 노래를 불러라

네가 예수이고

네가 부처이니까

대한민국

너는 유치찬란한 슬픔이다 자다가 일어나 생각해도 너는
사랑을 팔고 사는 홍도다 너는 구름에 가린 달이다 그러나
오빠는 없다 너는 통속소설이다 아니 화려한 저질의 잘 익
은 복숭아가 옷을 홀랑홀랑 벗는 주간지다 너는 티브이에 효
도하며 스마트 폰을 스승으로 섬기며 유투브나 카톡을 신으
로 모시는 사이비 신도다 그게 없으면 단 1초도 못 사는 무
식한 홀릭이다 너는 외국어로 된 높은 집에서 살며 외제차
를 타고 해외여행을 밥 먹듯이 하는 요트처럼 날씬한 몸매
를 자랑하는 유한마담이다 그러나 마음은 언제나 사막이고
거지다 너는 사대주의자다 영어로 된 것은 무조건 좋아하고
섬긴다 너는 대한大寒 나라의 불쌍한 부자다 너는 맑스 · 레
닌이 버린 낡은 옷을 신주단지로 모시고 정처 없이 헤매는
정신 나간 나그네다 너는 염색을 좋아하고 손발톱까지 화장
하고 귀걸이 코걸이를 달고, 팔찌, 발찌를 차고, 눈을 파랗
게 만들고, 모든 걸 감추고 바꾸고 싶지만 뼈와 피를 바꾸지
못해 안달하는 스스로를 부정하는 가련한 뿔난 계집애다 너
는 노래와 춤을 좋아하지만 그게 모두 영어로 된 남의 노래
다 거리에는 언제나 패륜, 횡령, 사기, 살인, 강간, 매음이
먼지처럼 펄펄 날리고 뉴스는 날마다 수사, 구속, 수감, 재

판뿐이고 높은 사람과 부자는 모두 도둑놈으로 몰리다 잡혀
간다 임기가 끝나면 대통령은 언제나 인생무상의 코미디를
보여주는 참 재미있는 나라다 걸핏하면 촛불을 들고 떼창을
부르는 데모 만능의 사회 – 공부보다 데모를 해야 출세하는
나라 너는 암만 생각해도 유치찬란한 부생식물이다 찬란한
슬픔의 봄이다 그러나 너는 곰녀의 아들 딸 그러나 그 신화
는 너무 부끄럽다 오늘 너는 사이보그 – 사막을 떠도는 거
지다 뿌리 뽑힌 교목이다 바닷가에 버려진 폐선이다 단식하
지 않으면 너는 죽는다 너는 컬렉션이다 너는 비둘기를 쫓
아내는 무당이다 너는 네모다 너는 칼보다 무섭다

에스컬레이터 사랑

에스컬레이터가 올라간다

도
  시
    라
      솔
        파
          미
            래
              도
높은 도쪽의
두 젊은이가 불의 키스를 한다
그 뒤에 늘어선 사람들
고개를 돌린다

어린 시절 중인환시 속에서도
길거리에서 사랑을 나누는 개를 본 일이 있다
놀랍고 부끄러웠다

서양 사람들, 누가 보든 말든

자기가 사랑하고 싶으면 사랑한다

자기 감정에 솔직한 게 뭐가 나쁘냐?
과연 그럴까?

러브호텔이 러브호텔과 러브한다
상대를 바꾼다
자리를 바꾼다
호텔들이 흔들린다

사랑은 이제 밀실에서 옷을 벗지 않는다
사랑은 어느 곳에서나 탑재되고 하역되는 상품
당당히 거래된다
별이 쏟아지는 해변으로 가요가 아니다
신화처럼 숨을 쉬는 고래도 아니다

사랑은 이제 에스컬레이터에서 하고
그래야 에스컬레이터 된다

외로운
새로움   강준철 시집

나의 시론

●

'새로운 시'의 도래를 위하여

강준철

'새로운 시'의 도래를 위하여

강준철

들머리

한국시는 현재 시의 종류별로는 주정시가 주류를 형성하고 있고, 문예사조상으로는 모더니즘과 포스트모더니즘이 뒤섞여 있다. 그러나 모더니즘적 경향이 주류다. 그리고 사회적 리얼리즘과 낭만주의(이상주의) 혹은 참여문학과 순수문학이 대립되어 있으며, 문단은 좌파와 우파로 분열되어 있다.

이러한 흐름은 근대 이후 계속되어 온 것으로 근 100년 가까이 변화가 없다. 주지시나 주의시는 없고, 서사시나 극시도 거의 없으며, 장시도 없다. 한마디로 다양성이 없다. 한 세기가 지났는데도, 세상이 그렇게 빨리 많이도 변했는데도 문학 특히 시가 변화가 없다는 것은 이상하다.

필자는 이 시점에서 우리 시에 어떤 면으로든지 변화가 있어야 한다고 생각한다. 즉 새로운 시(장르)를 창조해야 한다고 생각한다.

본고에서 '새로운 시'라는 용어는 전위시前衛詩, 아방가르드, abant-garde 또는 실험시와 같은 뜻으로 쓰고자 한다.

한국의 전위시 어디까지 왔나?

먼저 전위의 개념부터 알아보자.

〈전위〉라는 말은 전투적(도전적) 의미를 담고 있으며, 당대의 예술을 앞지르고 있다, 소수에 의해 수행된다는 의미도 있다. 새로운 도전을 추구하는 혁명적, 파격적 예술이다. 전위시는 당대의 시적 규범이나 그때까지의 시적 전통을 무섭게 파괴하면서 당대보다 앞서가려는 의식으로 지탱된다.(이승훈, 『포스트모더니즘 시론』, 세계사, 1997, 137쪽)

실험시는 정상적인 문법·통사·의미론을 파괴한다. 이러한 노력은 어느 시대에나 정도의 차이는 있지만 존재해 왔다. 즉 아방가르드 예술은 어느 시대에나 존재했다.

전위는 새로움의 추구다. 지금까지 시의 역사는 전위의 역사였다. 그것은 언제나 있어왔고 앞으로도 영원히 지속될 것이다.

전위시는 두 가지로 분류할 수 있는데 그 하나는 내용적 전위이고 다른 하나는 형식적 전위이다. 내용적 전위를 이승훈은 도덕주의적 측면이라고 하는데 필자가 보기엔 도덕적이라기보다 사상, 정서 등의 변혁을 의미한다고 본다. 이를테면 사회적 리얼리즘에서 현실에 대한 인식을 더 깊게 파악한다든지 다르게 해석하는 것 등이다. 그리고 형식적 전위는 미적 전위로 시의 형식이나 표현을 변혁하는 것이다.

〈전위〉라는 말은 군대의 첨병과 같은 말이다. 첨병의 임무는 적정의 탐색이다. 현 시대 한국의 시에서 적은 누구인가? 그것은 한국의 현대시가 된다. 따라서 한국 현대시의 양상에 대한 정확한 이해가 있어야 승리가 보장된다.

여기서는 서론에서 살펴 본 것 중에서 서정시(주정시)와 모더니즘과 포스트모더니즘에 대하여 살펴 볼 것이다. 장르상 서정시, 문예사조상 모더니즘의 시가 주종을 이루고 있고 포스트모더니즘적 시가 약간 나타나기 때문이다.

우리의 서정시는 대부분 낭만주의 시이다. 우리 신문학사를 대충 살펴보면, 1920년대 『백조』 동인들을 중심으로 낭만주의 시가 성행한 이래 1930년대 '시문학파'와 '생명파', 1940년대의 '청록파'의 시들이 있었고, 이후 한국 시단에는 그들의 영향 하에 서정시의 계보를 이어갔다고 볼 수 있다. 물론 중간에 상징시나 주지시, 모더니즘의 시도 그 뒤를 이었지만 해방 이후까지 주류는 청록파와 생명파로 볼 수 있다.

낭만시는 〈그리움〉의 시다. 본원에의 환원, 귀향 의식, 자아와 세계가 하나가 되려는 생각, 유토피아를 꿈꾸는 것, 현실을 초월하려는 의식, 자연으로 돌아가려는 생각 등이 낭만주의적 사고다. 낭만주의는 초월주의(신비주의, 범신론), 전원주의, 원시주

의와 관련된다.(이상섭, 「문학비평용어사전」, 민음사, 1980, 40 – 44쪽. 참조)

여기서 우리는 왜 우리 시의 주류가 서정시인가를 생각해 볼 필요가 있다. 그것은 정서가 시의 본질이기 때문이다.

"시의 세계는 어디까지나 정서적 구조다. 이것은 시인의 의식이 지성적이라기보다 근본적으로 정서 의식이기 때문이다.(김준오, 「시론」, 문장, 1982, 66–67쪽).

시의 본령이 사상이 아니라 정서라면 정서를 극대화하는 시 – 극서정시를 전위적으로 써 볼 필요가 있을 것이다.

이들의 시론은 엘리엇의 그것과 비슷하다. 이와 같은 시론은 현재도 많은 영향을 주고 있는데 그 핵심은 폐쇄적 형식이다. 그러나 이러한 폐쇄적 시작 태도는 다양한 시의 생산을 가로막는 장애가 될 수 있다. 그러므로 이에서 벗어나야 한다.

다음으로 모더니즘 시에 대하여 살펴보자.

문예사조상으로 보면 낭만주의의 반동으로 일어난 것이 사실주의, 자연주의고 이의 반동으로 나타난 것이 모더니즘이다. 모더니즘의 개념은 다음과 같다.

현대문학의 여러 경향 중 특별히 전위적이고 실험적인 것만이 모더니즘과 관계있다. … 19세기 사실주의 자연주의에 대한 반동이다. 모더니즘은 유물론은 물론 일체의 물질주의와 산업주의를 개인 정신의 부자유로 보고 반발한다. 표현주의, 이미지즘, 엘리어트류의 고전주의, 다다이즘, 부조리 문학, 초현실

주의 등이 이에 속한다.(이상섭, 앞의 책, 63–64쪽)

낭만주의의 가장 대척적인 자리에 서 있는 것이 이미지즘이
라고 할 수 있다. 그것은 낭만주의가 중요시했던 감성과 음악
성을 지성과 회화성(심상)으로 바꾸었기 때문이다. 그래서 이미
지즘에 대해서 먼저 알아보고 다음에 포괄적으로 모더니즘에
대해서 살펴보자.

이미지스트들은 그들의 지도자인 흄으로부터 19세기 낭만주
의를 배격하고 고전주의적 예술관을 부활시켜야 할 필요를 배
웠고, 또한 윤곽이 뚜렷한 시를 짓는 연습도 했다. 그들은 낭만
주의의 막연한 정신편향, 센티멘털리즘에 반대하고 정밀함과
억제력을 요구하는 고전적 태도를 가지려고 하였다. 또한 이미
지에 대한 확고한 개념을 배웠다. … 현시점에서 볼 때, 이미지
즘은 19세기 영미시의 전통을 청산하고 이른바 현대시의 시대
로 넘어오는 결정적 단계로 보인다. 즉 하나의 전위적 운동이
었다.

이미지스트들은 현실생활의 모든 것을 소재로 하여, 현실감
이 있는 산 언어로 시를 쓰고자 했다. 그들은 낭만주의자들이
시정신과 영감에 의존하는 것에 대항하여, 작품을 갈고 닦는
숙련공의 태도를 가질 것을 요청하였다. 이미지즘 운동은 심상
에 대한 관심이 보편화되는 계기를 마련했고, 19세기를 청산하
는 결정적인 요인의 하나가 되었다. 이미지즘의 근본 주장은

다음과 같다.

1) 일상의 언어를 사용할 것. 그러나 반드시 정확한 말을 쓸 것. 2) 모든 습관화된 표현을 피할 것. 3) 새로운 기분을 표현하는 새로운 리듬을 창조할 것. 4) 주제의 선택에 있어서 완전히 자유로울 것. 5) 하나의 심상을 제시할 것. 구체적 사실을 정확히 보여주어야 하며, 막연한 일반론, 추상론은 배격할 것. 6) 견고하고 투명한 시를 창조할 것. 윤곽이 흐리든가 불명확한 시를 피할 것. 7) 집약, 집중을 위해 노력할 것. 그것이 시의 정수임을 알 것. 8) 완전한 진술이나 설명보다는 간략히 암시할 것. (이상섭, 앞의 책, 230-232쪽)

이미지즘 시들의 문제점은 시의 음악성과 의미성을 제외하고 지나치게 이미지만을 강조하였으므로 완전한 미적 형식이라 할 수 없다는 점과 제작자의 태도를 취함으로써 억지로 쓰게 되어 감동이 축소될 가능성이 높다는 것이다. 그런데 한국의 이미지즘 시들이 위에서 보는 바와 같은 시론을 철저히 이해하고 실천하였는지 의문이다. 감정의 절제와 이미지를 강조하는 시를 쓰기는 했으나 비유적 이미지나 상징적, 원형적 이미지보다 단순한 묘사적 이미지들 위주로 시를 생산하지 않았나 한다. 이와 같은 경향은 아직도 일부 우리 시에 남아 있어 문제가 된다.

모더니즘의 특성은 도시주의, 비인간화, 원시주의, 에로티시즘, 반도덕적, 실험주의로 요약할 수 있다. 또한 모더니즘의 시적 특성은 "초월적 현실 혹은 이상적 유토피아가 존재했다."는 특성을 제외하면 엘리엇의 시론과 똑같은데 "차가운 형식성, 몰개성, 폐쇄적 형식, 어려운 시일수록 좋은 시"라는 것이다. 이러한 엘리엇T.S. Eliot의 시관은 신비평에 막강한 영향을 주었고, 이후 형식주의, 구조주의 등으로 이어졌다.

그러나 가장 확고하고 완벽한 이론으로 보이던 모더니즘도 고정불변의 시론이 아니었다. 포스트모더니즘이 등장한 것이다. 아래에서 모더니즘 시와 포스트모더니즘 시(특히 고백파, 투사파의 시)를 비교해 보자.

전자는 엄격한 형식을 고수하려는 문학 이론이고 후자는 그것을 해체하여 형식에서 자유로워지려는 이론이다. 전자는 언술의 자발성을 극도로 억제한다. 신비평의 시적 원리는 인위적 형식성과 압축된 형식성을 강조하는데 이에 비해 후자는 이것을 창조 과정의 자발성을 규제하는 행위로 본다. 시를 쓰는 것은 삶을 좀 더 자유롭게 실현하기 위한 것이므로 형식에 의해 억압된 삶의 본능적 흐름을 그대로 투사해야 한다고 주장한다. 다음으로 모더니즘은 몰개성을 강조한다. 그래서 시인과 시적 화자는 단절되어야 한다고 한다. 시는 언어로 조직된 특수한 세계이므로 시적 화자는 시인의 개성(시인의 감정, 목소리)이 소멸할 때 가능하다고 본다.(T. S. 엘리엇). 반면 포스트모더니즘은 시인의 목소리를 강조한다. 목소리는 자전적 요소를 내포하며, 도덕적으로 은폐되어야 할 개인적인 무의식의 세계마저 드러낸다. 또한 전자는 삶의 곤경, 무질서를 표현하면서도 초월의 세계, 신화의 세계를 지향했는데 비해 후자는 일상적 정서와 경험을 소재로 삼으며, 고백파의 경우 그것은 밝고 건강한 것이라기보다 억압되고 비참한 것이다. 전자가 이성, 질서, 의식이 인간성이라고 보는데 비해 후자는 본능, 충동, 무의식이 인간의 본성(자연성)이라고 보는 것이다. 전자가 휴머니즘적 태도라면 후자는 반휴머니즘적 태도라 할 수 있다. 또한 전자는 폐쇄적 형식 − 형식의 완결성 즉 내적 유기성, 통일성(구조성), 수미일관성을 강조한다. 한마디로 구성을 중시하는데 비해 후자는 개방성 즉 탈구성(해체)을 강조한다. 인위적 세련성보다 자발적 직접성을 강조한다.

여기서 모더니즘의 단점을 지적하면, 첫째, 비인간화는 시를 너무 딱딱하게 만들고, 문학이 인간의 삶을 표현하는 것인데 인간의 삶을 제대로 표현하지 못할 수 있고, 에로티시즘, 반도덕적인 것을 강조하는 것은 인간의 일면만을 본 것으로 인간 전체를 본 것이 아니다. 둘째, 폐쇄적 형식성은 시의 자유로운 발전을 저해한다. 아류 양산의 가능성도 있다. 셋째, 내용보다 형식에 치우쳐 있다. 넷째, 난해성은 소통부재로 독자 감소를 가져와 문학의 존립성마저 흔들 수 있다.

다음, 포스트모더니즘의 단점으로는 첫째, 본능, 충동, 무의식을 인간의 본성으로 본 것은 인간성을 어느 한 면만 본 것으로 인간성을 잘못 파악한 것이다. 둘째, 인간의 동물적인 성격을 강조하면 시가 저속화될 수 있다. 셋째, 시를 쓰는 이유가 자유롭게 살기 위한 것이라고 해서 억압된 본능을 그대로 투사한다면 윤리적인 문제가 생긴다. 넷째, 장르, 표현매체, 기존 문법, 시적 주체, 이념 등을 해체한다면 시는 아무렇게나 써도 된다는 오해를 줄 수 있다.

이러한 대조적인 문학 이론에서에 볼 때 현재 한국시의 양상은 대부분 전자의 이론에 근거한 시들이 아닐까라는 생각이 든다. 문학(예술)은 다양성이 중요한데 이렇게 단일한 이론에만 매여서는 발전이 없지 않을까 하는 것이 필자의 생각이다. 그래서 좀더 자유로운 새로운 시가 나타나기를 바라는 마음이다. 실험시 또는 전위시라는 관점에서 보면 현 시점에서는 모더니즘 시(모더니즘도 그 이전 시대의 시들보다는 전위적이었지만)보다 포스트모더니즘 시가 더 많은 가능성을 제공한다고 보기 때문에 우리 시인들이 이런 류의 시를 많이 쓰기를 바라고 나아가서는 이의 단점이나 모순점을 찾아서 더 발전된 새로운 시가 나타나기를 기대한다.

위와 같은 견해는 보는 이에 따라 다를 수 있으나 이런 점이 새로운 시를 창작하는 출발점이 될 수는 있을 것이다. 또한 포스트모더니즘(해체이론)을 대체할 만한 새로운 철학사상도 없다는 점을 고려할 때 현재 상황을 비판적으로 수용하여 앞으로 나아갈 수밖에 없을 것이다.

이제 우리는 여기서 한국 전위시가 어디까지 왔는지를 살펴보자.

먼저 형식적 전위시를 보면, 이승훈은 "우리시에서 〈실험〉이란 용어를 최초로 사용한 분은 김종길이 아닌가 한다."(이승훈, 앞

의 책, 34쪽) 고 하여 '실험'과 '전위'를 같은 것으로 보았다.

이러한 전위시는 한국시에서는 1930년대 이상의 시에서 나타났다.

해방기(1945-1948년)에는 『전위시인집』파의 "올바른 세계 인식과 역사 판단"에 근거한 현실로의 환귀를 목표로 하는 정치적 전위와, 정치적 전위와 미적 전위를 통합하려 했던 『신시론』 동인들의 모더니즘적 전위가 있었다.

그 뒤 1950년대의 〈후반기〉 동인 가운데 한 분인 조향에게서, 매우 도식적이긴 했지만 소위 〈데뻬이즈망의 미학〉이라는 초현실주의적 양상으로 나타나고, 그 후 김수영의 대담한 산문성, 김춘수의 〈무의미시〉로 변용되면서 토착화된다.(이승훈, 앞의 책, 139쪽). 그 외 이승훈의 비대상시, 오규원의 날이미지시, 이성복의 고백시 등으로 비교적 온건하게 이어지다가(이형권, 「시의 새로움에 대하여」, 『애지』, 2013년 여름호, 26쪽) 1960년대로 오면 앞 시대와 다른 실험적 요소가 나타난다. 김종길은 1960년대 전반기의 한국시의 상황을 〈하나의 실험기〉라고 정의하며, 시의 좁은 폭을 넓히는 노력으로 정의했다. 구체적으로 그것은 1) 어법의 혁명 2) 넌센스의 추구 3) 말의 질적 심화 4) 구문의 해체로 요약했으며, 김열규는 60년대 한국시의 특성을 "비문법적이고, 비통사적이며 아울러 비의미론적"인 것으로 규정했다. 그리하여 한국시는 〈개방적 세미오시스semiosis〉를 지향하게 된다.(이승훈, 앞의 책, 135-136쪽)고 하여 60년대 전반기의 한국 전위시에 대해 요약한 바 있다. 〈현대시〉 동인인 박의상이 이런 비교적 실험성이

강한 시를 썼다. 1970년대로 오면 이러한 실험성은 잠시 소강 상태로 접어들고 쉬운 시나 민중시에 대한 옹호가 거세어진다. 1980년대에 접어들면 새로운 실험적 요소를 보여준다. 앞 시대의 실험시들이 심미적 경향을 띠고 있었다면 이 시기의 실험시들은 한결 도덕적인 경향을 띠고 있다는 것이다. 80년대 시들은 현실을 중요시했다.(이승훈, 앞의 책, 140쪽) 이형권은 이 때 황지우나 박남철이 해체시를 썼다고 기술했다.(이형권, 앞의 책, 29쪽)

여기서 구체적으로 어떤 전위가 일어났는지를 살펴보자.

형식적 전위에서는 이상의 경우 – 특이한 신조어 사용, 숫자나 부호나 도형 사용, 띄어쓰기 무시, 황지우의 요설체를 통한 해체시, 신문기사나 벽보 같은 일상적인 언어를 시의 문맥에 끌어들이기, 형태시 등과 박남철의 활자 뒤집기, 점층적(점강적) 활자 배열, 이모티콘 활용, 컴퓨터 언어의 카피. 황병승이나 김경주의 활자 누이기, 활자에 중간선 넣기 등이 있고, 이 외에 포스트모더니즘 시에서 자주 나타나는 장르 혼성(패스튀시)도 많이 보인다. 장르 혼성은 소설, 시나리오와 같은 다른 문학 장르, 다큐, 만화, 영화, 드라마, 사진 등 다른 예술 혹은 비예술 장르와의 뒤섞임을 통해 이루어진다.(이형권, 앞의 책, 31쪽). 구체적 사례를 보면 1950년대 조향이 시나리오 용어들을 시에 수용한 것에서부터 비롯되어 1980년대 이후 빈도 높게 나타난다. 황지우의 만화시나 벽보시, 이승하의 사진시, 유하의 영화시, 장정일의 시나리오시, 김경주의 희곡시 등이 있고, 2000년대 중

반의 미래파 시인들이 보여 주었던 환상 장르의 차용도 있다.(이형권, 앞의 책, 31–32쪽). 장르 혼성의 또 다른 방식은 다른 예술 장르의 내용을 시에 수용하는 것이다. 그 대상은 소설, 회화, 음악, 만화, 영화 등 다른 장르의 작품이 두루 해당되는데 최근 들어서는 특히 영화 작품들이 시의 문맥으로 편입되는 사례가 빈도 높게 나타난다. 방법은 일종의 패러디에 의한 방법이다.

내용적 전위를 보면, 이상의 초현실주의적 표현, 김춘수의 무의미시, 김수영의 일상시, 이승훈의 비대상시, 오규원의 날이미지시, 이성복의 고백시 등은 내용이 시대를 앞서는 새로운 시로서 전위시라 할 수 있을 것이다. 그 외 앞에서 언급한 해방기의 전위시에서 『전위시인집』에 실린 시들 중에서 특히 '전진하는 인민 속에 자신들을 위치시키는 것이 진정한 아방가르드의 조건'이라고 부르짖는, 인민들과 함께하는 시의 현실을 중시하는, 이념을 최우선으로 하는 시들이 이에 해당할 것이다. 내용적 전위는 시대를 앞서가는 사상이면 또는 당대와 다른 특별한 생각을 주제로 삼는다면 모두 전위시라 할 수 있을 것이다.

이를 정리해보면 형식적 전위에는 문법의 파괴, 표현 매체의 개방, 장르의 경계를 무너뜨림, 표현방법의 혁신, 시 형태의 시각화, 시어의 확대, 표현 문자의 변형 등이 있고, 내용적 전위에는 이념 강화, 무의식의 도입, 무의미 추구, 일상시, 비대상시, 날이미지시, 고백시 등으로 요약된다.

이상에서 살펴보았듯이 한국시사에서 형식적 전위(미적 전위)는 이제 거의 한계에 왔다. 그러므로 앞으로는 내용적 전위(사상적, 철학적 전위)에 대해 더 고민해야 할 것이다. 그것은 존재론, 인식론, 가치론의 변혁에 의해서 가능하다. 이러한 변혁은 뒤집기 정신으로 가능하다. 그것은 사상의 발전이 뒤집기의 역사이기 때문이다.

새로운 전위시의 방향과 전망

이제 한국시에서 전위시가 더 이상 발전할 여지가 없을 듯하다. 그러나 전위시는 어느 시대에나 있는 것이므로 새로운 시에 대한 열망을 멈추어서는 안 된다. 그것은 새로운 장르 창조까지 확대되어야 한다. 시대 환경의 변화에 따른 독자의 욕구와 취향이 변했으며, 전달 매체가 바뀌었고, 문학의 소비 형태가 바뀌었기 때문이다.

여기서 필자가 생각하는 전위시 몇 가지를 제안해 본다.

형식면 : 단시(음운시, 단어시, 1행시, 2행시, 3행시), 애너그램(anagram, 語句轉綴, 철자바꾸기), 사설시조 풍(판소리 풍), 그림시, 의미 조합시, 옴니버스식 시. 디카시. 영상시, 비 · 속어, 은어, 약어, 인터넷 언어, 사투리 등 지금까지 금기시 되었던 언어(필요하다면 외래어나 외국어까지)를 혼성하여 사용하는 시. 디지털 문명의 메카니즘을 이용하는 시(비선형시, 쌍방향성시, 실시간성시)

내용면 : 철학시, 연기緣起의 시. 수학적 시.

제작 방식면 : 공동창작시. 담화시(대화시)

여기서 약간의 설명을 덧붙이면, 형식면의 음운시는 한국어의 음운을 이용하여 한시나 영시처럼 운을 맞추어 쓰는 시이다.

단어시는 주제에 연관되는 또는 무관한 단어들을 어떤 질서에 따라 조합하여 제시하거나 그 조합을 독자에게 맞겨 독자가 마음대로 조합하여 의미를 창조하게 하는 방식의 시다.

1행시와 2행시, 3행시는 이미 실험한 바 있는지 모르지만 주제를 최대한 압축하여 압축미(긴축미)를 창조하는 것이다. 3행시에는 단시조도 포함된다. 현대는 속도의 시대이므로 긴 것은 독자들이 싫어한다.

애너그램은 정끝별 시인의 실험시인데 더 확장될 필요가 있다.

사설시조풍 혹은 판소리풍 시는 일종의 이야기가 있는 요설체이지만 리듬을 살리고 풍자적, 반어적, 역설적 이야기를 통해 해학미를 살리는 시가 될 것이다. 이 또한 이미 실험된 바 있는 것 같은데 더 확장할 필요가 있다고 생각한다. 랩과 비슷하다고 생각하면 될 것이다.

그림시는 시에 그림을 도입하는 시로 언어와 그림을 혼성하여 어떤 사물이나 상황을 암시하는 시로써 시인이 직접 그림을 그리는 방식이다. 그 그림은 소묘 또는 만화식이면 될 것이다.

의미 조합시는 의미상 연결이 안 되는 단어들을 상상력을 통해서 연결하여 전체가 하나의 구조를 구축하는 시다.

옴니버스식 시는 하나의 주제에 여러 가지 다른 시들을 연결하거나 하나의 소재를 여러 가지 다른 주제로 표현하는 시 형식이다.

디카시는 잘 아는 시인데 더 보편화할 필요가 있다. 독자 수의 감소, 또는 소통 강화를 위해 사진을 이용하는 것이다. 이는 누리그물망이나 사회적 소통망을 통해서 한꺼번에 많은 독자를 확보할 수 있는 방법이다. 디카시는 5행 이내로 짧아야 하며, 촌철살인의 충격을 주는 시다.

영상시는 음성, 문자, 음악, 영상을 시청각적으로 융합하여 동영상 시로 제작하는 것이다.

비속어, 은어 등의 시는 비어, 속어, 은어 등 모든 언어를 시어로 채택하는 시다.

비선형시(하이퍼텍스트식시)는 시의 구성을 논리적 순차를 따르지 않고 비논리적, 비순차적으로 구성하는 것이다.

쌍방향성시는 누리그물(또는 사회적 연결망)에 작품을 올릴 때 독자의 댓글을 작품에 반영하거나 작자와 독자가 메일이나 카톡 등을 통하여 공동으로 창작하는 방식이다.

실시간성시는 방송기자가 삶의 현장을 실시간으로 보도하는 방식으로 쓰는 것이다.

다음 내용면의 철학시는 지금까지 있어온 사상과는 다른 사상을 시의 주제로 삼는 것이다. 최신의 철학 사상은 해체주의 혹은 포스트모더니즘이다. 어떤 이는 60년대 이후의 우리 문학의 경향을 포스트리얼리즘 시대 혹은 포스트모던리얼리즘 시대라고 하고 있지만 아직 일반화되지는 않았다. 이제 서양의 철학이 한계에 이르렀기 때문에 동양의 지혜에 관심을 기울이고 있는 게 세계적 현상이므로 불교나 노장사상 등 동양사상을 연구하여 이를 시에 반영하면 될 것이다. 그러나 외래사상보다 동학사상 등 우리의 고유사상을 찾아서 이를 발전시키는 것도 좋을 것이다.

연기의 시는 불교의 핵심사상인 연기 혹은 공사상을 시에 적용하는 것이다.

수학적 시는 수학의 사상을 시에 형상화하는 것이다. 수학은 가장 정치한 철학 사상이기 때문이다. 수학적 기호도 도입한다.

그 외 디지털문명의 폐해를 비판하거나 페미니즘, 생태문학 등도 좋은 테마가 될 수 있다. 이미 이런 종류의 작품들이 많이 나오긴 했으나 관점을 달리하면 전위 작품이 될 수 있을 것이다.

공동창작시는 표현형식의 전위라기보다 제작방식의 전위에 해당한다. 두 사람 이상의 작자가 공동으로 시를 창작하는 방식이다.

담화시는 작자와 독자의 대화를 통해서 이루어진 시를 정리한 시다. 시를 문자언어로 보지 않고 음성언어로 보는 독특한 시관의 발로이다. 이는 구두시이며 즉흥시이고 일종의 행위문학이다. 소통을 중요시하는 시이다.

전위시의 방법론

새로운 시(전위시, 실험시)를 창작하기 위해서는 다음의 세 가지 정신이 있어야 한다고 생각한다.

첫째는 자유정신이다. 그물에 걸리지 않는 바람과 같은 정신이다. 그리스인 조르바다. 연기적 삶이다. 공空의 정신이다. 고정관념에 매이지 않는 정신이다. 고정불변된 것은 없다는 생각이다. 시는 정답이 없다는 생각이다. 선악, 미추, 성속, 이성 : 감성, 좋다 : 나쁘다, 진보 : 보수 그 어느 쪽에도 머물러서 안 된다는 생각이다.

둘째는 창조정신이다. 진흙에 더럽혀지지 않는 연꽃과 같이 누구에게도 영향 받지 않겠다는 정신이다. 이 세상에 없던 시를 쓰겠다는 정신이다. 남과 똑 같은 시를 쓰지 않겠다는 정신이다. 무소의 뿔처럼 혼자 가는 정신이다. 혁명정신이다.

셋째는 도전 정신이다. 소리에 놀라지 않는 사자와 같이 두려움이 없는 정신이다. 새로운 것을 두려워하지 않고 도전하는 정신이다. 새로운 시를 넘어서 새로운 장르까지도 창조하겠다는 용기 있는 정신이다.

또한 사물을 보는 방식을 바꾸어야 한다. 그것은 대략 다음과 같다고 할 수 있다.

1. 중도의 눈으로 본다. 즉 선악, 미추 등의 이분법적 눈으로 보지 말고 사물을 그 자체로 보아야 한다. 2. 맨눈으로 보아야 한다. 모든 관념, 이념, 지식, 감정을 떠나서 어린아이와 같은 순수한 마음으로 본다. 3. 뒤집어 생각한다. 모순되는 것을 아우르는 일, 겉으로 일어난 것과 반대로 생각하는 일 등은 예술

가의 특권이자 의무이다. 4. 모든 것은 고정불변이 아니라고 생각하며 본다. 곧 고정관념에서 벗어난다. 5. 모든 걸 관계의 짜임으로 본다. 의미는 기호들의 관계에 의해서 결정된다. 즉 상대적이다.

마무리

시의 전위에는 위에서 살펴보았듯이 형식적 전위와 내용적 전위가 있다. 그런데 이 두 가지 전위는 배타적으로 분리되어서는 안 되고, 서로 잘 어울려야 진정한 전위가 된다. 그 동안 우리 시의 새로움의 역사는 어느 한쪽으로 편중되어 왔다. 사회적 리얼리즘 계열의 시는 내용의 전위에, 모더니즘 계열의 시는 형식의 전위를 지나치게 강조했다.

필자가 바라는 것은 어느 한쪽만의 새로움이 아닌 형식에 맞는 내용, 내용에 맞는 형식의 전위가 이루어지기를 바라는 것이다. 색다른 표현, 신기함만을 추구하는 것은 진정한 전위가 아니다. 시의 표현은 내용을 효과적으로 전달하기 위해서 존재하는 것이다.

특히 바라는 것은 내용이나 형식의 부분적인 전위를 넘어서 장르 창조에까지 이르는 것이다. 그러기 위해선 자신의 욕망이 이끄는 대로 행하고, 질문을 할 줄 아는 힘이 있어야 한다.